美是通途

拍手 著

南方出版社

献 给 我

如 花 朵 一 般 的 亲 人 们

目 录

第一辑　始于九月

第二辑　无以言

美
是
通
途

第三辑　寓言开成一朵菊的样子

美

是

通

途

第一辑　始于九月

我正在向柔软妥协

灯光晕黄像炉火的光亮

我没有更多的回忆更愤怒的呐喊

除了用一把剪刀

与平淡无奇的生活达成和解

用锋利的温柔

一再熨平这浮尘堆积的世界

若无其事

又宛如新生

始于九月

九月始于乡村。月光下的陶罐

釉纹沁凉，盛放发酵的萝卜和安静的逝水

樟木抽屉内，翡翠手镯绰约光亮。始于身怀六甲的

母亲，醉于池塘的雾霭，在荷叶和菱角的香气中

独力将我打捞。年轻的父亲在田埂上急行

腋下的教科书粉尘抖动，抖动婴儿的啼哭

晨露颤栗。记忆蓬头而长，拱出野豆荚的形状

攀过雕花的窗，祖母模糊的诵经声，在墙头碎瓦边

开出蓄谋已久的花朵。在长满酢浆草

毛莲菜和香蒿的北坡，卧看织女北斗

露天电影里黑白胶着，主人公们唱歌跳舞

裸足铃动，旋转的命运昭然若揭——

"到处流浪，到处流浪，命运唤我奔向远方"①

从此，跌跌撞撞，跟随装满旧物的卡车

加入赶路的人群。迁徙的鸟声赶走一个九月

又一个九月，遗忘如雪拦路而出

劫走童年和道路。羊群淌过河流。星星

长出草籽和忧愁。谁为永恒剥开层次

一些珍贵的名字，一些白色的睡

被钟声轻轻覆盖。只留下一棵树作为路标

给永不至的打扰。流浪的风会回来

沉寂的万物苏醒在别处，谁又能无动于衷

回到原地，清除枯草后再次出发？谁又能代替

一张空洞的嘴，亲近地喊出，一些丢失温度的称谓

那永不生锈的伤口！九月，我总不能脱口而出的

名词。我在一万二千米高空俯瞰的苍茫

我在城市的蜂巢里仰望的森林和清泉

正识途而归。九月尽头，一只麦田里的兔子

拾起脚印，瞬间不见

注①：印度影片《流浪者》插曲《拉兹之歌》歌词。

2007 年 9 月 18 日

始于九月

九月始于乡村。月光下的陶罐
釉彩沁凉，盛放发酵的萝卜和安静的逝水
樟木抽屉内，翡翠手镯绰约的光亮。始于身怀六甲的
母亲，醉于池塘的雾霭，在荷叶和菱角的香气中
独力将我打捞。年轻的父亲在田埂上急行
腋下的教科书粉尘抖动，抖动婴儿的啼哭
晨露颤栗。记忆蓬勃而长，撷出野豆荚的形状
攀过雕花的窗，祖母模糊的诵经声，在墙头碎瓦为力
开出菖蒲已久的花朵。在女人浣醋浆草
毛莲菜和香蒿的北坡，闪着儿女北斗
露天电影里黑白晃着，主人公们唱歌跳舞
裸足铃动，旋转的命运昭昭若揭——
"到处流浪，到处流浪，命运唤我奔向远方"
从此，跌跌撞撞，跟随装载旧物的卡车
加入赶路的人群。迁徙的鸟声赶走一个九月
又一个九月，遗忘冰雪拦路而出
劫走童年和道路。羊群淌过河流。星星
长出草籽和忧愁，谁为永恒剥开层次
一些珍贵的名字，一些白色的瞳
被钟声轻轻覆盖。只留下一棵树作为路标

给永不到的打扰。流浪的必会回来
沉寂的万物苏醒在别处，谁又能先努力衰
回到原地，清除枯草后再次出发？谁又能代替
一张空洞的嘴，亲近地喊出，一些丢失温度的称谓
那永不生锈的伤口！九月，我总不断脱口而出的
名词。我在一万二千米高空俯瞰的苍茫
我在城市的蜂巢里仰望的森林和泪泉
去迷途而归。九月尽头，一只麦田里的兔子
拾起脚印，瞬间不见

2007年9月18日

变　奏

对于果断拒绝的黑勿存期待
对于长路追随的灰敬请盲从
对于点燃眼神的橘心领神会
对于孩子蝴蝶结的粉顺眼低眉
小兽将毛茸茸的脑袋置于你的掌心是棕
劫后余生再度向西是赤铜
骏马在箭镞的暴雨里疾驰是飒露紫
瞬间的命名召唤你一生是花青
妈妈，在这谶言般色的变奏里
你为我取名一个单字——透
你是懂得举重若轻的，深知我
已一头扎进这命运，浓墨重彩。

2024 年 11 月 7 日

一只凫鸟的忧伤

风掀起蓝色的覆膜

嫩草已长出寸余

在这个深秋

一小片绿洲浮在河中央

像一只绿色的小鸟凫着

河水平静加深了它的忧伤

突然水声哗响

一条大鱼试图打破这平静

风往南吹，你往南走

更宽广的河面铺满散碎的银

在到达芦苇荡前

远处的河面泛起一圈涟漪

你以为是一条小鱼

直到河面恢复平静

一只小小的青头潜鸭钻了出来

它耸动下身子，又一头钻下去

一次，又一次

它乐此不疲
不觉已是二十米开外
天地阒静
它是多么小啊
它的世界却那么大
乌桕红了一半
不知什么时候
在绿色的凫鸟面前
像另一只鸟
一个人，落了下来

2024 年 11 月 10 日

一棵高高的路灯上爬满藤蔓

是的，一棵
不是一杆，或别的量词
它看起来更像是一棵树
泛黄的花苞状灯罩层叠多层
在枝叶丛中
像落下的鸟
或鸟巢
它已不像一杆路灯了
站在桂树和柳树中间
在一片竹林旁边
河水温厚
秋天的鸟群掠过它的头顶
黄昏还没有拧开它的开关
藤蔓在风中摇摆
如诸多的身外之物在暗处轻笑
你一身披挂
又空空荡荡

2024 年 10 月 19 日

一个人望着河水像告别

因为是春天的缘故吧
一个人走向河边
河草丰茂
河泥松软
他独自曲折向前
你不知道他
什么时候会停下
你的目光和他一起
来到河边
河水东流
河水一定是和他说了些什么
或者什么都没有说
直到他重新转身
回来

2022 年 3 月 28 日

我们所望并不相同

有人在十层楼的阳台远眺

有人在山脊张望

有人在未结冰的河边

不发一声

良久伫立

再低下头

转身离去

青山对白发

他们所见遥远空旷触不可及

仿佛孤立无援又坚不可摧

在那一刻

有些相同的事物如静寂中的轰鸣

经过了他们

2021 年 12 月 16 日

当举目星辰寥落

而大地上灯火通明

愈夜愈明亮

暗处更多的是树

一棵树的体内

是不是也挂满这样的灯笼

每一片树叶都是它的居民

一些会落下

一些仍挂在枝头

一些不会改变颜色

一些会变得夺目

如同黄金在风中飒飒作响

或落尽

或消失

但光芒

不会消散

2022 年 1 月 2 日

一棵树离另一棵树有多远

当一棵树望向另一棵树

它便向前一步

当一棵树听到另一棵自言自语

它便再往前

自此

它们共对的就是一条河流

同样的万物生长

两棵树相互对视

或仰天大笑

或击杵而歌

广厦千万间

也少不得一声痛哭

但没有人听到

没有人看见

这一动不动的两棵树

2022 年 1 月 5 日

消　磨

我没有更高尚的可歌颂
除了在一张木桌上清理羊绒衫上的小毛球
听西尼德·奥康娜唱着《无人可以取代你》
哈里①在歌声里睡去
说着若有若无的梦话
它不知道
我正在向柔软妥协
灯光晕黄像炉火的光亮
我没有更多的回忆更愤怒的呐喊
除了用一把剪刀
与平淡无奇的生活达成和解
用锋利的温柔
一再熨平这浮尘堆积的世界
若无其事
又宛如新生

注①：作者的爱犬名。

2021 年 11 月 28 日

消 磨

我没有更高尚的写作情
除了在一张木桌上涂垭羊绒移上的小毛球
听西尼德·奥康娜唱着《无人可以取代你》
恍里在歌声里睡去
说着若有若无的梦话
它不知道
我正在向柔软妥协
灯光晕黄像炉火的光亮
我没有更多的回忆更愤怒的呐喊
除了用一把剪刀
与平淡无奇的生活达成和解
用锋利的温柔
一再剃平这浮尘堆积的世界
若无其事
又宛如新生

2021年11月28日

暮色里和百日草对坐

名字似不吉的预言
枝叶逶迤落地又爬起
水粉橙黄紫红的花朵
但凡开放
就像诺言一样不再收回
只需阳光和水
便付出所有
春天播种
夏天盛放
秋天薄冰般的桌面上
它依然在细心舞蹈
我目睹了它所有的疯狂恣肆
我在暮色中仰望它不懈的花蕾
莫测之物
不会熄灭
它正怀抱未知的礼物
穿越枯萎

2019 年 9 月 18 日

枯萎这燃烧的火焰

每个花匠

都有将花养成花盆的经历

手指划破

是常有的事

换盆松土

看惯别离

一个奔放的灵魂

却拥有一座安静的花园

盛大的集会不是喧哗

不是窃窃私语

而是伸出手

触摸

这温柔的语言永远畅行无阻

于是你会懂得

萌芽是微笑

花开是歌唱

攀缘是奔跑

而背光处烈日下
被遗忘的角落里
枯萎是燃烧
只有这炽烈的火焰
交出痛楚

2019 年 9 月 18 日

哪有能通过所有的坦途

一片枯叶
在快车道上回旋
一个饮料瓶在护栏边滚动
一个塑料袋
从容穿过
视线所及
在你行驶的过程中
突如其来
甚至还有一只
两只小花猫
匍匐着
它们都有自己的想法
哪怕随风而逝
道路并不都属于你
刚下公交车的老人正小跑穿过路口
一辆混凝土搅拌车加速
向你挤过来

你觉得困难正在逼近
你甩掉他们
却在后视镜中看到另一个你
障碍物般的自由与奔突

2019 年 7 月 18 日

暮色就像一个人的晚年

走过旧时的街道
工地安静而陌生
树枝朝上
显现出遒劲的轮廓
仿佛熟悉的脉搏
暮色中
你不时躲避着错车的狭窄
孤单的小店里
坐着一个人
卖的还是二十年前的商品
你时而拢紧口袋
时而将手伸出
暮色空空作响

2019 年 2 月 26 日

像个盲人一样重新生活一遍

是的，重新
像个盲人一样剥鸡蛋
准确地剥去鸡蛋壳还有膜衣
像个盲人一样
平稳地走过拐角
判断一条走廊的宽度
莫名的钻机发出的巨大声响
判断一扇门关上的回声
一声喇叭的含义
风吹在四月
树叶在阳光下闪亮
不知名的鸟争相鸣叫
一个人在喊着另一个人的名字
你用耳朵抚摸这一切
像一个游戏只是
没有光

2018 年 7 月 6 日

夜　读
——读何多苓《天生是个审美的人》

乌鸦是美丽的。春风已经苏醒。
你的寓言以油彩作画
你的蓝鸟飞过我喉中的刺
这是奇特的，像夜的静谧
褐色的斗篷，灰白的头纱
镜中的侧影，路边的孩子
无论是在月光下马背上大树边草丛中
她们都有一双同样的眼睛
用稚嫩和青春看着你
用爱情和死亡看着你

2013 年 5 月 8 日

四　行

——自画

张枣看镜，你看掌中纹。
迷宫里美人游泳，岸边人面桃花而花还没有开。
你，这一生的病症，是逢人不能言，蓬头沐春风。
那么多你，只有一个名字，叫不在。

2013 年 1 月 29 日

四　行

一页画

张枣看镜，你看掌中纹。
迷宫里美人游泳，岸边人面桃花而花还没有开。
你，这一生的病疾，是逢人不能言，蓬头沐春心。
那么多你，只有一个名字，叫不走。

2013年1月29日

听，慢的声音……

当风慢下来的时候
你可以选择弯下腰将脸微侧
你听不到
一只蚂蚁正在迁徙
一双翅膀振动，带走一些
又轻轻落下一些
你听不到风的遭遇
它一定要遇到些什么
才会有各种各样的声音
和形状
而你倾听也不是为了阻挡什么
多么快
从料峭的枝头到温厚的大地
从羞涩的牙齿到豁嘴的笑
炊烟是多么快
一根发丝里的河流是多么快
你得慢下来

才听得到

一枚细针作势就要落下的声音……

2011 年 12 月 21 日

梦中书

一个人在下午五时醒来
一群人在梦中走完人生

开始与结局——

"我独自生活着。

……我醒了，仿佛独自穿过鬼魅丛生的森林
疲惫不堪。一个小东西瞪大眼睛一动不动
趴在我身边。看见我艰难地
睁开眼睛，他笑了。"

谁予你以启示
你的天性将得此微光指引。

2009 年 11 月 2 日

如果你曾经凝视过一团火

如果你曾经凝视过一团火
熄灭的过程
你会发现，这是多么漫长
余火慢慢变浅变淡
直至比一团烟雾一声叹息
还要稀薄

你会发现，灰白不是一个形容词
它是一个主谓短语
不动声色，就像所有的真相
你会发现，生与死都是一场盛宴
无论庆祝的方式是笑声
还是泪水

脚印们在火光中重逢
你被轻轻挤到一边
你会发现，一个悲伤的假设

像一团烟雾一声叹息
终至于无。如果你曾经深深地
凝视过一团火
慢慢熄灭

2009 年 9 月 18 日

秋后问答

一场雨，一阵凉。
草伏地，又添几分黄。

有问：什么花最香
答曰：七里香，一里一徘徊

二问：什么花最暖
答曰：棉花，枯壳捧出饱满的白

三问：什么花最冷
答曰：芝麻花，已登上最高一层楼

2008 年 9 月 19 日

入　秋

入秋之后多访客，斑鸠和小胃病
都是旧相识，待之以小米粒，银耳和金莲
而绵雨后，我再没有执手相送的人
雨在大地上留下新鲜的伤口
地锦草、马齿苋和苍耳们懂得
如何结出平静的疤。一辆车
载走一个久等的人，像带走一朵花
心在别处，身又能开到哪里？
载重车无声而过，地面颤动
有人哼唱起来，"是非成败，转头空……"
至于颤音过后，那最末一句
终还是咽了回去

2008 年 9 月 4 日

她

她是一个在短句后留下句号的人
像武侠小说中的主人公，沉默寡言

目光可以杀人。当然也有另一种可能
那些省略词句后的短节奏，更像是

一个醉汉，为了吐露真言
不得已的，一次趔趄

2008 年 9 月 4 日

习　惯

饺子必是荠菜馅。汤圆可含黑芝麻。
不食蛙、蛇、兔。生葱和辣椒籽。

幻想每日飞翔两次，为了离开地面
两尺，使用小媚术。亲爱的

穷与达，我都要善其身，怀抱万恶的
简约主义，与理想主义的洁癖

水到，渠成，还一心一意
想要做个心存畏惧的人

2008 年 8 月 5 日

垂　坐

北风带走了最后一枚宠爱的叶子
窗前，已经没有什么好看
在靠近炉火前，我要带上一本书
它也许在书架上窥视，已经一个春天
一个夏天，一个漫长的秋天，或者
它还在三里外，在冷清的新华书店
等着我撩开简陋的帘子，它的封面
应该有着颗粒状的凸起物，矜持而亲切
安静的低语，被置放在微黄的内页
像温存的火苗，闪过空旷的园子，草长的小径
木窗半开的房子，几个背影，我的心平和柔软
像片刻宁静，是一生光景

2007 年 12 月 28 日

秋　歌

谁，此时没有房屋，就不必建筑
谁，此时孤独，就永远孤独

——里尔克《秋日》

1

立秋之后。漫不经心的人仍留在原地
默数一棵树，数树上的七所房子
灯火通明。那些蒲公英，那些泥土
那些珍贵的手势，快乐的牙齿
那些陌生的只留下眼神的路人
都到哪里去了，还有百合花的香
隐匿的风？在果实到来之前，摆弄些方块字
像踢踏尘土，这是多么草率，我期待
比文字更为深刻的活一次，然后安静

2

描述一些事物。像搬动固执的石头
借助水的浮力，也不能还原它们的位置
远不如驱赶一根火柴，向另一根火柴靠近
让灰烬在大笑中诞生，因为一无所有
所以毫无保留，至于躲藏起来的
那些紧闭的嘴唇，抱成一团的白色预言
又算什么，太阳，沙子，昂着头的骆驼们
都已出发，秋天这假寐的孩子，不要惊动他
无数个愿望在高处憋红了脸，跃跃欲试

3

收回已伸出的手，让孤独的果子
长大成人。总有一种悲凉突如其来
当你偏离笔直的道路，缄默由来已久的伤口
我的喉咙已沙哑成一张网，网不住丢失的温度
和你下落的姿势。无依无靠的泪水和盐

该如何绕过长长的篱笆，回到阴影重重的果壳
回到老刺槐的皱纹深处，旧磁带在风中翻飞
稚嫩的手抱住低下的头，谁驾着车轮滚滚而来
我还两手空空，不要带我走

4
在最后一片银杏叶启程之前
将身体打开，取出金属的部分
和紫竹的箫声，和一种植物的利刃
合鸣，白雪覆盖前，准备好充足的粮食
将指纹的悬念，都锤打成麦苗的形状
美丽而宽广，裸露的田埂纵横交错
正预示着春水的走向，我就是你
秋，是一株禾，走近那团火

2007 年 8 月 17 日

永　远

你是那么美丽，那么深沉，我的灵魂也一样
痛苦向着你的宁静而来，来思念
而正在你安详的平和的岸边，绽发出
最最纯净的翅膀和花朵的典范。

——希梅内斯《深深的沉睡的水》

1

故园。我在千里之外。
将一段时光倾斜，倾听流动的声音
像打开一本书，打开灵魂和图像
翅膀打扫过的天空干净而纯粹

你在哪里独守，敲响鼓点，仿佛血脉汨汨而动
又仿佛张着的口欲言又止，霜发的郑田
老屋正渐渐风化，裸露出黄土的本质
你破碎的陶罐，你飘摇的窗纸，你多情的炊烟
让我感到饥饿，干涸。"青山已老只看如何描述"①？

倔强多么可笑，我像莽撞的燕子一去不回
谁来唤醒我，纵深的道路，如何通向尚未枯竭的水源

2
我那未谋面的祖辈。我那再不能相见的亲人
我常常在喃喃自语时想起你，洞悉密语的先知
溺水时向我伸出粗糙的手，昏迷时抱起我努力奔跑
当我像鸟儿振动翅膀，越过堆积的贫瘠和苍白
我怎么还会有俯瞰的脆弱和悲伤
那令我将头颅和心脏深深贴紧大地的人
永不复见。我终要独自写下一行

3
孤独的火把。然后擎起，像追随一个纯洁的眼神
深入未知的核心。找到丢失的玩具和秉性
同隐藏的万物一一会面，咀嚼暗夜的漏沙

忠诚于内心的声音，如萤火走向满天的星子
让思想和感情以黄金的光芒说话，学会说真话

成为一名战士，站在无边的战场，或者犁铧
为水田里的蝌蚪写下赞歌，或者墨汁
这叹息的火焰，在沉重的黑夜夺路而出

4
多好啊，将一个词语，作为一粒种子
撒进土壤，浇水，施肥，让它长出富足的背景
长出亲人的脸、锃亮的器皿和宽广的道路

永远。让澄澈的水，流过古老的村庄
麦穗以饱满的弧线落进收成，孩子的手
翻开崭新的扉页。像打开一面旗帜
打开一片土地，寻找最初和最后的谜底
　"如果你一时找不到我，请不要灰心丧气，

一处找不到再到别处去找，
我总在某个地方等候着你。"②

注：① 出自昌耀诗歌《极地居民》。
　　② 出自惠特曼诗歌《自己之歌》。

2007 年 7 月 30 日

第二辑　无以言

　　我的星期八终不能安详。如果荣耀同于梦想，一个梦
　　　从现在开始，一扇玻璃，在黑暗中没有裂痕
　　　显现遗忘的脸，该是多么新鲜和光洁。仿佛我
　　　　终可放弃修辞，题写搁置的备忘云——
　　　　　　自由高于德行，美是通途。

无以言

夜提着灯笼来，一盏挂上兰山楼
余者散落滪水洲。平原外有人吟诵
黑白镜头，唐诗整齐，公主的车队浩荡
谷物和种子迁居他乡。屏下火光明亮
耳麦独守，耳风凛冽，"浣熊"①在短信里蓄势
我的星期八终不能安详。如果荣耀同于梦想，一个梦
从现在开始，一扇玻璃，在黑暗中没有裂痕
显现遗忘的脸，该是多么新鲜和光洁。仿佛我
终可放弃修辞，题写搁置的备忘云——
自由高于德行，美是通途。

注①：台风名。

2008 年 4 月 21 日

无以言

夜擎着灯笼来，一盏挂上兰山楼
余者散成满水洲。平原外有人吟诵
黑白镜头，唐诗整齐；此主汉车队浩荡
吞物和种子迁居他乡。屏下火光明亮
耳麦独守，身必凉冽，"浣熊"在短信里蓄势
我的星期八终不能安详。如果荣耀同于梦想，一个梦一
从现在开始，一扇玻璃，在黑暗中没有裂痕
呈现遗忘的脸，该是多么新鲜和光洁。仿佛我
终于放弃修辞，题写搁置的备忘录——
自由高于德行，美是通途。

2008年4月21日

八个瑞士卷

在笑声中还未落幕
一场闹剧。你永远不会得到
想要的答案，在问与答之外
我曾设想过一些朋友
置身游戏之中
还未启齿后的结论
这不是瑞士卷的罪过
这人生长途
人性的深海之下
暗流涌动
你总不能枪毙一口吃食
毕竟
阳光灿烂
还有那么多的
堂而皇之

2024 年 11 月 13 日

那么多升腾的星

大地上遍睁着眼。那么多灰烬

高高腾起又明灭

像一颗又一颗星

而我们

会等所有的星星熄灭后

才会离场

在秋天的傍晚

长江二桥斜拉索的顶端

也闪着星，不同的是

它不会飞走

那些飞走的，熄灭后

就再也找不到了

像一小片黑暗

融入更大的黑暗

一阵风汇入山谷的风口

灯火下的人仍然风驰电掣

他们经过你

在前方铺陈

河流多么缓滞

在武汉大道，在千年河西

2024 年 11 月 3 日

下在何处的雪带来晴光

庚子年将近。多阴雨
雪间或出现，在微信朋友圈
在车载广播的议论里，在清凉寨
短暂的一次，在会议室的窗外
江汉平原的体温
一直保持在零度以上
冬白菜如花
褐红色的红薯沾着新鲜的泥土
小嫂子推销着摊位上的羊肉
说起昨夜雷声
同样惊醒的我
午夜的揣测终于得到印证
凌晨三点传来的轰隆声
不是梦境
"雷打冬，十个牛栏九个空"
毗邻的孝感前日刚发生 4.9 级地震
无论如何

新一年会如期到来
雪扑朔迷离
阳光近在眼前

2020 年 1 月 7 日

一棵 35 元的大白菜

一棵 35 元的大白菜
重 2.9KG，单价 11.96 元 /KG 的大白菜
被一层薄薄的保鲜膜包裹
在超市的货架上，某个购物推车里
在微信朋友圈的一张图片里
在某询问书和某公告里
在菜场的第一个摊位前的
一个买菜的男子嘴里
在我买菜的当口
土豆青椒洋葱西兰花番茄大白菜包菜共付款 110 元的时候
在男子帮忙给一堆蔬菜
套上第二层包装袋之后
当我拎着重物走出菜场
若无其事的时候

2020 年 1 月 25 日

阳光洒在懵懂的未知上

我们都不知道的事情
秋日胭脂翻生的新芽知道
不肯凋谢的洋牡丹知道
哈里①不说话的眼睛知道
下午四时洒在海棠花上的余晖知道

小区寂静。车辆如群鸟休憩
武昌归乡的哥哥还在村里
城里的母亲迟迟放不下电话
微信群里久未谋面的同学
居外地，有回乡的迫切

2020年1月29日。晴。0~11度。
妈妈，天气这么好，绿萼梅就要开了

注①：作者的爱犬名。

2020年1月29日

庚子年第七天继续晴好

先是窗帘上一块亮光
投射到墙上，一个亮堂的四边形
阳光越过栉比的居民楼
照亮行道树，路灯和红灯笼
照向路边医院的招牌
绿色的玻璃幕墙
越来越亮
不是照耀五湖四海的那种
是那种通透的亮色
是一棵樟树看清了自己的每一片叶子
是神农氏停下巨大的身躯
低头看见了自己的五脏六腑
放晴的第三天，气温继续回升
阳光照耀中午越来越深的寂静
手拖式音箱，电动观光车，装着橙色喇叭的小型面包车
驶过无人的街道

2020 年 1 月 31 日

太阳有时候出来 有时候不在

上次出门，是六天之前
哈里①从对任何人站在玄关处
便仰头等待
到在客厅里来回，哝哝自语
不再频频来到门后
它时常钻过玻璃门的门缝
来到阳台，将头伸出铁栏，俯视
三层楼下，一片人工景观绿地
那是它的国度，有枯草败叶，也有泥土温润
清朗的风吹过枝叶的间隙
那里有它未谋面又熟悉的同类
仰慕者或敌人
它时而眯着眼
时而仰着头，鼻头翕动
接收着视线不及处，疑惑或向往

注①：作者的爱犬名。

2020 年 2 月 8 日

简单的事情总是难以言表

人群很快一分为二
送货的人，收货的人
门内的人，门外的人
留下的人，离开的人

仿佛一切都按兵不动
浅水处水仙笔直生长

2020 年 2 月 9 日

美
是
通
途

早晨总会如约而至

醒后第一件事情
是探看窗帘上隐约的光亮
捕捉些许声响
仿佛有鸡鸣
隐隐打喷嚏的声音
垃圾转运车进入小区
垃圾桶轱辘在地面滚动
庚子年正月二十一
叫醒我的不是闹钟
是立春后第十天的滚雷

2020 年 2 月 14 日

正月二十二 大雪

雪下起来的时候
我正端着一碗白米粥
就着小白菜和一块腐乳
哈里①坐在面前看着我
于它而言想象之物尽是美好
我给了它一小块白菜梗
它吃了，然后跑开
雪花先是随风斜着飘
然后就密集起来
风从纱门灌进来
比昨天更冷
有人站在路口
雪打湿了她的头发

注①：作者的爱犬名。

2020 年 2 月 15 日

万家灯火如同星辰

天很黑
他们格外明亮
他们高耸入云
不知为什么歌唱
他们摆放有序
又各不相同
遥遥相望
像依稀可辨认的熟识的脸
像饱含善良和苦难的眼睛
无保留地爱着
光芒平静卑微如万语千言

2020 年 2 月 16 日

这么美 但是没有什么人

早晨
阳光斜照在干净的柏油路上
初春的樟树伸着懒腰
翻修的围墙，还没有粉刷
再没有拥挤的人群
占领红绿灯下的斑马线
志愿者将车停靠路边
在车里，吃着简易的早餐
树影爬上会议中心的院墙
一只鹞子
飞过大院的天空

2020 年 2 月 20 日

在没有人的时候遇到一条狗

一只流浪狗

跟着我走了很久

一边嗅着路树

一边跟随我

装作无视我的样子

没有人知道

它认得我

我也认得它

它是想要一个人知道

它认得我

我也认得它

2020 年 2 月 20 日

我想为你保留一小段静默的时光

没有人可以停下来
除了这一刻
没有人能再给你一个拥抱
除了这一刻
没有人能将一个巨大的数字
分解成爷爷奶奶爸爸妈妈丈夫妻子儿子和女儿
除了这一刻

将一小块破碎的水晶置于掌心
这一刻，攥紧这痛楚

2020 年 2 月 25 日

如果是说起以后

我想要听一场演唱会
坐在人群之中
台上不要很多人
灯光只需打到一个人身上
听他唱，林间有风，山岗上有白云
或者，一声呼麦
就够了
我还想回到出生之地
在被春天唤醒的田埂上久坐
和荠菜婆婆纳苦丁蒲公英一起
听竹叶衣袂飘飞的声音
再睡个慵懒的午觉
没有车辆喧嚣，春倦人乏
穿堂风带着泥土的气息
母亲轻手轻脚，为我盖上薄被
直到傍晚的炊烟和灶台的香气将我唤醒
在夜空下，和亲人们围坐

闲话家常，或坐或卧
星空依然明亮，我们依然是
竹床上未长大的伢

2020 年 3 月 24 日

看你走过春天的斑马线

势不可挡
一颗土豆在冰箱里萌芽
覆之以黑暗和假象的寒冷
都毫无意义
春天抵达每一个角落
问候劫后余生
也穿越泪水与质问
林荫道更成其为林荫道
红绿灯保持着惯性
在春天的斑马线，我遇见了你
老人，孩子，婴儿车
年轻男子一袭风衣
红衣女子拎着新鲜的蔬菜
而春节没见上面的妈妈
正在下一个路口等着我
她已经用荠菜花，煮好了三月三的鸡蛋

2020 年 3 月 26 日

一个夜晚

上网课的孩子坐在电脑前
不愿睡觉的哈里①
沿着墙边，悄悄地走
女人在剪毛豆
将为当事人辩护的男子
敲打着键盘
有人在唱
再等一下就天亮了
再等一下就天亮了
大提琴手低扎马尾，耳环锃亮

注①：作者的爱犬名。

2020 年 5 月 25 日

仰　望

颈椎不好。美容师说
久坐，需每隔四十分钟
仰头望下天花板
我的天花板，有三组双管荧光灯
中央空调的出风口
在头顶左前方，水滴淅沥
或者我可以数水珠
一颗，两颗，三颗
像一个乡村少年在漫长的下午
数夏雨击起的水泡
时光被拉长
走路也可以放慢脚步
仰头看向路边
在桂树浓密的枝叶间
翻检花开的讯息
捕捉枫叶脉络泛红的迹象
看构树浆果青红参半

樟树空枝袒露
毕竟脚下路面平整
昨夜又新铺了沥青
画上了醒目的双黄线

2019 年 8 月 26 日

美

是

通

途

一座院落里住满我的旧相识

每天从这里经过
将近十年
直至将驾车改为步行
从院墙边走
在院外的浓荫里向内张望
才发现，院内
都是我的旧相识
构树，桑树，苦楝，桃树
甚至还有乌桕
它们一路簇拥到墙头
在风中热切地交谈
为了便于与我相认
还结出了我熟悉的青籽
那是江汉平原乡间孩子最喜爱的玩具
它们每天看着我
在天空下忙碌
我却浑然不知

以为在一个城市被废弃的院落里一无所有
在被挑选和摆放的生活之外

2019 年 8 月 12 日

美
是
通
途

云何以称之为海

两位白发的老人
在清晨的路边寒暄
一位拖着空的便携折叠车
一位肩挑两个满的编织袋
垃圾桶沿路摆放有序
一眼看不到头
一个已被撞得歪斜
骑三轮送空调的人经过
推绿色电动车送报纸的人在上坡
红枫还没有红
和未疯长的紫薇毗邻
多浆的构树果不断掉落
痕迹被昨夜的暴雨清洗
这是一天之中最早的时辰
抬起头就是云海
云何以称之为海
清洁的人遍布大地

2019 年 8 月 12 日

那些散落在稻田里的孩童

都已经看不到了。那些像麻雀一样降落
在收割后的稻田里
拾捡稻穗的孩童
已经长大
爬上高大的桑树
嘴里口袋里塞满桑葚的孩童
池塘里抓鱼的捞虾的
放牛的，插秧的，捕蝉的
孩童们已经长大
如同一张张黑白照片
被一台叫作时光的机器翻洗
五彩斑斓
散落山川

2019 年 8 月 12 日

久旱遇甘霖 乌云就是捷报

给朋友发去一则微信
前川至横店，全程雨
这真是个好消息
318 国道两旁
樟树梧桐白杨和簇拥着的灌木
无不高昂起头
干旱和高温早已令它们枯叶丛生
人们困守空调
期待艾草带走体内的沉重
而现在
乌云聚集
我和雨一起暴走
从东北向西南
及至后湖
彩虹高挂
如遇青鸟

2019 年 7 月 31 日

谈　话

高楼外的脚手架上
传来修缮工人的对话声
"那时候
我对象为了和我在一起
连国家分配的工作都不要了
正式工啊
她爸那个气呀"
"那时你在嘎哈"
"我在搞养殖啊
养鸭
五千、一万只地养"
他们沿着高楼墙体
一边劳作
一边行走
室内的我没有回头
怕打扰
这晃悠悠的生活
这稳当当的幸福

2019 年 6 月 12 日

你可以忍住一颗泪，却忍不住一场梦

清晨。推窗就能看见

大片的建筑工地

大地裸露，白露成霜

晨雾在静谧之中遮住更远处的白杨林

更远处，是一条铁路

他曾在深夜里梦呓

哪里来的火车……

其实火车一直在往前开

在你的视线之内

他的视线之外

铁轨也是

一直在，却好像从不存在

和晨雾一样等同于无

总会有新的房子立起

就像无孔不入的尘土

二十年前在你面前轰然倒塌的房子

正变幻着

一幢幢长出来
又在你用遗忘对抗的梦里——倾倒。

2011 年 12 月 19 日

美
是
通
途

读过北岛

我是读过北岛的，星星般的弹孔
鲜红的黎明，曾经的激越留下新唏嘘
幽默泛白，苦笑短暂
总归是文言旧邦。记得买来的《青灯》
送给了朋友，连同铅笔作下的批注
陪朋友踏上风雪路，后来
他的车差点翻下山崖
他问，如果万一，我会不会哭
他不知道，越来越多的人无声而恸
越来越少的人能为你在镜中一笑
《蓝房子》也是读过的
我甚至支付了24元的逾期滞纳金
仿佛买了张返程票，将它送回图书馆
旧书和异味杂陈的老书架，"诗歌搭的是纸房子
让人无家可归"，这个无家可归的人如今
住在一个名叫"今天"的岛上

而我两手空空只想

再读一读北岛

2011 年 1 月 6 日

美

是

通

途

黄昏的客车上听到两个男孩子的对话

他们背着书包，十一、二岁的样子
用很快乐的语调，大声聊天——

"你爸爸妈妈离婚了吧我知道"
"哪里没有的事"

"我都看到了你们家里的地板砖都被你爸爸妈妈打架打
　破了"
"哪里那是我不小心打破的"

"你哪能打破那么多呢好几个洞呢"
"是的我拿了一个那么大的花瓶从楼上滚下来的"

"真厉害啊那么厚的地板砖"
"哪里超级薄"

两个男孩子先后下站，浓重的暮色里多么快乐的道别

2008 年 11 月 21 日

他　们

他们是接过犁铧就会耕田的人
他们是手中握住食物会笑的人

他们用忍耐来浇灌苦难
他们得不到答案才会伏地痛哭

他们的孩子是蒲公英
在遥远的地方盖注定要消失的房子

他们的卑微是梦中的咒语
他们的白玉是相信和陈述

"你来时，我正在睡觉
表示我们将永不相见"①

他们无处不在
他们一去不回

注①：电影《密勒日巴》台词。

2008 年 10 月 15 日

正　午

"收头发，收辫子啰……"
伏天的正午
传来吆喝声
这让我想起
一门古老的民间手艺
我不知道它的流程
也从来没有亲眼见过一个女人
（应该是一个女人吧）
为了这声叫唤
落发
除了在一个黑白年代
在一本名为《悲惨世界》的小人书里
女主角芳汀
为了女儿小珂赛特
卖掉了自己的头发，牙齿
那一页插画
她抚摸着自己金色短发的样子

真是美丽

而凄凉

从那个时候起

我就断定

一个孩子就是一面悬崖

只是二十多年了

这话

我从未对母亲说起

2008 年 8 月 6 日

安　生

藓在低矮的弄堂。藓不言语
藓爬上窗棂，爬上晾衣的木桩
爬上漏雨的屋瓦，生锈的烟囱和铁环
不贴"福"，以白粉刷墙，一个字
或两个字，圈走低处的生活。留守的人呢
散向更低处，地摊，百货，报纸，水果
酱菜坛子。固守的痕迹，像藓
在高耸的楼尖下，一场绿茸茸的战斗
无声无息。这里，夜色更低更近
晨曦更高更远，全不似我记忆中的乡村啊
清洁的民居，一色的土砖，它们常年
流黄色的泪，老人们说，可以用来止血

2008 年 7 月 21 日

夏　至

荷锄者非农人。勘测者在平原之上
放下三脚架。白鹭起落处有令人心酸之绿。

早稻抽穗，妹妹即将临盆，加油站吐出
饥渴的车群。暴雨后的新工地黄土匍匐

乡村路口。穿着白纱裙的小姑娘
向家中跑去，黄昏来了，荷花开了

2008 年 7 月 4 日

一个老鞋匠的中午

街道忽然空出来
新开通的公交车在行驶
站牌油漆已干，还没有遮阳棚
亦无人等候。他独坐在药店拐角
摆弄一只粉色皮鞋。他不关心世故
只是老于修补，后跟，前掌，钉子，橡胶
散落如亲人，藏蓝色的裤腿就是工作台
烟蒂不知灭了多久，红金龙的盒子
斜靠着一瓶万能胶。老茧抵不过割刀锋利
黑垢爬进指甲上的旧伤痕，绑着白棉线的老花镜
一副躺在工人装的口袋里，一副悬于
细瘦的眼神前。快一点钟了
他抬头看了看来来往往的公汽
"车上没有人，也不知往哪里开"
杨花在白炽的阳光里穿梭
他读初一的儿子，还没有送午饭来

2008 年 6 月 6 日

从一个乞丐面前经过

粮油店前，我说：十斤糙米
女店主动作温吞，等待漫长
连日阴雨带来过早的暮色，街头
为晚餐忙碌的脚步们方向笔直
他显然在河流之外。工作时间已过
靠坐在歇业的店门前，赤脚，抱膝
头发灰白，胡须凌乱，半张侧脸
认真地看着赶路的人群，这认真
让人生出偷窥的不安。而付了钱的大米
终使一个小市民，恢复了秩序
经过他的面前，他已结束凝望
若有所思地抬起手来，扳动手指，嘴唇翕动
我不知道，一个被风雨晨昏遗忘的人
一个不操心柴米油盐的人，他
还要掐算些什么呢

2008 年 6 月 6 日

汶川：我无法说出的名词（组诗）

北京时间 2008 年 5 月 12 日 14 时 28 分之后

不时有人
来敲我的门
我发不出声音

他们是我的母亲、父亲
兄弟、姐妹、朋友
和素不相识的人

他们期待
我的回应
我发不出声音

依然有人
在敲我的门
我发不出声音

如果
我不是在此
在此平安之地

或者，我的邻居们
将从废墟中起身
为你开门

我是你无法说出的……

我是你
无法说出的
名词

我是你
难以复述的
时间

我是你
无力描写的
画面

我是你
不愿使用的
形容词数词

我
是那么多的我
揪结在一起

是大地收回的承诺啊

我是河山
多么沉寂

这一刻

我是母亲
也是花蕾

我是建筑
也是尘土

我是绝境
也是安宁

是本来就有
是从来就无

比喻

我们伸出手
谈到爱

我们做加法
做乘法

而花朵依然
只是比喻

我们

自在者说，我
惴惴者说，我们

我们

都是受难者
是罪魁祸首
都是伸出枝叶攥不住空气的
草木。春秋依然车轮滚滚，大山依然原始
无辜的愤怒，阻隔相爱的人。蝼蚁敞开
巨大的怀抱，衣衫褴褛，空无一物
天空垂下泪水，瞬间淹没

自在者说，我。
惴惴者说，我们。谁在说无？
一枚叶的震颤哽在咽喉。

2008 年 5 月

五一二
——汶川地震周年祭

我错了
我不是一朵花
不是一棵树

当一株草被连根拔起
我不过是留在泥土里的
那一小截根须

一年了，她还会喊疼吗

2009 年 5 月 12 日

立　夏

"立夏之际，情宜开怀，安闲自乐"
——短信如是说。结绳为之震颤
却勿须道贺，牛仍在坡上吃草
禾苗苗壮，从来如此，牧笛悠扬
胜过铁轨轰隆，赤足流浪胜过靴子腾移
窥谷，望峰，胜于世务经纶。而此际暮春已尽
我在湘西归来的路上，青石板，吊脚楼
老妇人坐在国道边收拾棉秆
孩子们戴着红领巾在山路一闪而过

2008 年 5 月 5 日

三月的宣

泥自足下青。咳嗽与枝条可搬到户外晾晒
风从袖底走，招呼麦田解冻，油菜花新嫁
人呢，在小村外停留，不探亲，不访友，无桃花旧识
只在一座三层小楼外张望，但见院墙一侧
偌大的白色标语，"走进千家万户"
题写那谁不知去向，只匆忙留下落款——
"幸福宣"。①

注①：此村名为幸福村。

2008 年 3 月 24 日

小　镇

名为店。没有酒旗风，有下酒好菜鸭子煲
水文队的大嫂厨技一流。有好心肠的夫妻修鞋档
钉鞋跟 2 元，粘鞋底 10 元。有文具商店，售年画
发卡，小朋友喜爱的手机形状橡皮。新开的照相馆
首次照相免费三张。小阿姨牵着孩子在新街上走
樟木、泡桐树，一路与新草交头接耳。这里盛产
放慢脚步的时光，土地和方言。我像它穿堂而过的风
种籽，飞鸟落下的羽毛，而十年之后，二十年之后
我将成为它敞亮的厅堂，它的一把椅子，甚至一个
坏掉的腿脚。我终将以它的名义，成为某种痛苦和快乐
　的来源
成为一枚指南针颤动的声音，一个孩子籍贯的一部分

2008 年 3 月 24 日

柏林犹太人博物馆

——这破碎的样子！生命的锐利在此简化
简化为曲线，突围，并戛然而止。一线光在犹豫
铜像小人在黑暗中窸窣，无根的植物们从播音器中爬出
这绵延不绝的蚁群，漫过勃兰登堡门，像不肯离去的历
  史
拍打从未消逝的命运。潮声回荡。伤痕搬进雕像新鲜的
  呼吸
孩子们丢失了童谣，正侧耳倾听积木坠地的声音

2008 年 3 月 21 日

江北望南

喊一声江南，杏花和春雨就一齐开
折扇的公子走过曲桥，乌篷船顺着细水流
喊一声江南，我就成了那个对镜梳妆的女子
在窗前以如梦令的调子，梳那桃木香的小忧愁
但你一再纠正，这是一个严肃的地理问题
一个居在长江以北的人，当然在烟雨阁楼之外
是画外那人。你义正词严，使我的一笔一画连同腔调
迅速回到北岸。你是对的，此地非吴越，我正被江汉平
　原
过气的水果喂养，经过狭窄小街和繁忙的建筑工地
赶往开发区会议室。三月的风交换着东南西北的消息
电台的主持人，谈论着"鱼米之乡"和物价上涨

2008 年 3 月 21 日

此际宜听一曲《青花瓷》

雪中行走，宜听一曲《青花瓷》
东风破阵而去，菊花台上谢幕
只剩下路面光滑，如白的胎底打开
"咯吱咯吱"的雪下，藏着琵琶
只是，花呢，花呢，在江西，浙江，还是云南
总归是旧时庭院，母亲的灶台

2008 年 1 月 30 日

第三辑　寓言开成一朵菊的样子

老了，你就成为我的神仙

而我，是你全部的人间

寓言开成一朵菊的样子

在笛声里坐成短发的女子，不言不语
低头敲打一段玻璃的光线
五彩斑斓的碎响，像冷冻的火焰
灼伤远去的背影，苹果四散

如果，我突然呼出你的名字
请你，依然回到秋水中站好
寓言会开成一朵菊的样子
我爱的花儿成群结队
她们，会打败流光的伏兵

而我，只想在弦声里欠一欠身
拂去若无其事的疼痛
从容地捡出几片花瓣
用来，占卜今晚的月光

2007 年 6 月 13 日

寓言开成一朵菊的样子

在笛声里坐成短发的女子，不言不语
低头敲打一段玻璃的光线
五彩斑斓的碎响，像含泪的火焰
灼伤远去的背影，苹果四散

如果，我突然呼出你的名字
请你，依然回到秋水中站好
寓言会开成一朵菊的样子
我爱的花儿成群结队
她们，会打败流光的伏兵

而我，只想在弦声里久一久身
拂去若无其事的疼痛
从容地捡出几块花瓣
用来，占卜今晚的月光

2007年6月13日

夜　雾

抬起手，像有风吹过一样
高大的建筑物隐没在黑暗里
电灯是个伟大的发明
它让你的夜盲症愈加沉重
更别提那些暗夜里的河流
蹚过河流的人，竹林之声
夜雾深重，你踩下油门
夜雾像要下起雨来
你终于喊出一个名字，当遗忘没顶。

2024 年 11 月 3 日

秋　晨

每天都有千军万马

在路口等着我

一队鹅黄，一队橘红

那是九月的桂花

我从没见过如此号令整齐又庞大的队伍

它们没有敌手

甲辰年的中秋少雨

它们是自己的敌人

欢喜便跃下枝头

徒留捉摸不定的香

遗憾是你自己的事情

洒扫也是多余

直到一位白发的老人

在树前停下脚步，伸出手

它才屏住呼吸

2024 年 11 月 3 日

河边和姐姐散步

秋天放慢脚步的上午。哈里①和奶糖②
是一对相爱相杀的假兄弟
但已达成和解
空阔之地令它们更加宽容
它们交换彼此的信息和零食
奔跑在斜坡之上
姐姐指向河堤边
"看，有芦苇"
这美好亲切之物
从童年走到我们面前
后来，在一块石头上
我俩挨坐下来
像两只长途迁徙的候鸟
一同落下
潋水边，阳光若有若无
风正将柳枝往一个方向吹

注①②：均为犬名。

2024 年 10 月 26 日

美
是
通
途

来自父亲的夸奖

"十指尖如葱"
"蓬头也好看"
母亲多次向我提及
在我不记事的时候
我木讷含蓄当教师的父亲
这样夸过我
用论证数学题一样认真的语气
听了母亲的话
我觉得
那时候的父亲，最像爸爸

2019 年 10 月 11 日

如果是为云写一首情诗

广阔的江汉平原是一袭平铺的幕布
在上面疾驰或是打盹
抬头就是忙碌的云
前一秒张牙舞爪
下一刻云淡风轻

和颜悦色或是雷霆万钧
云变幻不定
云遮住正午的光线
透出金色的滚边
一片云向另一片云聚拢
云在与天空相接处
泼洒出一抹微蓝
淡至于无

无，最是难以描述
看一眼，就跌进一口深潭

再也没有一条简单的路可供折返

2019 年 7 月 31 日

第
三
辑

寓
言
开
成
一
朵
菊
的
样
子

115

在一个三甲医院的急诊室：一天

七十三岁的老奶奶很健谈

家族中有众多医护人员

头晕

自己来打头部营养和扩血管的针

一位五十七岁的老人

类风湿严重有中风症状

家属围了一群

一位大肚子的孕妇

皮肤白皙微胖长相甜美

高烧四十度

监测仪不时发出莫测的信号

她皮肤黝黑的丈夫不时俯身询问

递上擦汗的毛巾

还有两位不知名的输液者

一位失去孩子的母亲

正拔出针头

2018 年 5 月 25 日

听 妈 妈 的 话

峰回

路又在哪里

妈妈说

生在鱼米之乡就要大碗吃饭

看着眼前未动的饭菜

想起

一颗稻谷从播种插秧结穗成熟的整个过程

在我童年的田野重复上演

妈妈煮了鲜而不腻的鸡汤

对我回忆起当年

在农村土屋烧柴火灶的年代坐月子的时光

一碗鸡汤必定会存心留下半碗

这样奶奶就会佯作抱怨

下餐便再凑一碗

我狡黠而美丽的妈妈一直和苦日子握手言和

在公社拿工分的妈妈

帽子厂工作的妈妈

糊信封拿计件工资的妈妈

开印刷厂的妈妈

开小卖部的妈妈

我七十四岁穿着半高跟步履灵活的妈妈

带着老伴

儿女和孙子们去乡村游玩的妈妈

所以

要听妈妈说的话

要走路

先好好吃饭

2018 年 5 月 28 日

想

一个问题
一直想
想不通
于是在身体里
开出一朵花
花也认真地想
依然找不到答案
花凋谢了
在身上留下巨大的伤口
伤口
认真地结了痂
依然在认真地
想

2018 年 5 月 28 日

静

蒙住眼睛
你看到什么

有光
在遥远的山脊之上

2018 年 6 月 3 日

老了，你就成为一位神仙

老了，你就成为一位神仙
在街心公园，偶遇另一位拉着二胡的
神仙，你们客气地搭讪
聊起神仙们共同的话题

老了，你就不再热衷于
解释和讲述道理
在电话中谈到柴米油盐
谈到家居格局
你退守到你亲自安排的我的几十年人生之外

老了，就会有众多的神仙
熟悉烹饪史的神仙
熟悉建筑史的神仙
桃李天下的神仙
儿女成群的神仙
他们无一例外熟悉节令、庄稼和村庄

老了，你就成为我的神仙
而我，是你全部的人间

2017 年 1 月 12 日

美
是
通
途

白云浩荡

——给奶奶

从江北到江南
再从江南到江北
就是一生。九十一年了
你一直瘦下去
体重越来越轻
眼神却越来越重
落在儿孙们的血液里
骨头里，你的头发
就是故乡的白云

这些你都不要了
月的圆满，儿孙们的石榴园
你把江南的月亮藏在袖间
就走了，这样
江北就还和你当年离开时一样

你谨慎地使用光明
最后连听力也逐渐省略
你将身外之物一一舍弃
像上学途中贪玩的孩子
你一路后退,退回婴儿般的安宁

天空低垂,白云浩荡
从此这世上又少了一个唤我乳名的人

2016 年 10 月 31 日

白
——给姐姐

你会在我之前老去
镜子怀着柔情，我怀着戚戚心
你降生在大风之夜
柳飞不止
我在藕塘和菱角的泥香里赤足
你穿花褂子梳羊角辫
戴五角星的军帽
照黑白色的登记照
最重要的是
姐姐
你有纯洁之心
我在梦中绕过白雪压城

2011 年 9 月

透

—— 自画

不要爱她。如果有与之相对应的
恨，那么请给她。在阳光炙烤的大地上
一个奔跑的人和一株疯长的一年蓬
没有什么不同，萎败的灵魂都曾有过敏锐的
水嗅觉。晶晶亮，透心凉

2011 年 9 月

美
是
通
途

间奏曲

斑马。小鹿。兔子。针织衫。
阳光。琴声。水声。指甲油。

白瓷。釉光。杯中的阴影。
台钟。玻璃罩。定格的指针。

春夏之交。
折下的每一截柳枝都亮出灯盏。

2011 年 5 月 5 日

你改变过我

把背景相同的底片放在一起。
把三叶草、薄荷叶、白球鞋和自行车放在一起。
把白色、银色、灰色和水滴的透明放在一起。

你改变过我。而黎明是浅咖啡色的
阳光落在发梢，请将她和你没有落下的手放在一起。

2011 年 5 月 5 日

写给印印的儿童诗（一）

1

如果

我是一只小鸟

我要感谢

广阔的天空

如果

我是一双眼睛

我要感谢

每一个对我微笑的人

2

星星

是夜的眼睛

花朵

是大地的眼睛

我
是妈妈的眼睛

3
小马在奔跑
石头挡住它的路
它对自己说：不害怕

小树在开花
风和雨就要来了
它对自己说：不害怕

勇敢是一棵小草
正在悄悄发芽
我对自己说：不害怕

4

牛在水田里耕地

马鞭草开出

蓝色的小花

我对着它们说：你好你好

菜地里有番茄

豇豆，和芋头的大叶子

风一吹，都摇着头

它们在对我说：你好你好

5

番茄是红色的

黄瓜是绿色的

茄子是紫色的

橘子是黄色的

天空是蓝色的

生活是五颜六色的

6

我帮妈妈
铺床叠被子
我是妈妈的好帮手

我牵奶奶
穿过马路
我是奶奶的好帮手

我给小虎①
喂骨头和馒头
我是小虎的好朋友

我热爱劳动
是个人人喜爱的小能手

7
石榴就要红了
苹果就要成熟了

葡萄一串又一串
柿子也准备好
要从树枝上跳下来了

秋天
是一个提着篮子的阿姨
她来摘果子了

注①：犬名。

2009 年 8 月 7 日

写给印印的儿童诗（二）

信是我放出去的鸽子

我给妈妈写了一封信
用软面抄的纸
蓝色的圆珠笔

信里面只有一句话
妈妈我爱你
你爱我吗？

我还给奶奶、外婆、爸爸
每人写了一封信

我把信交给他们
在妈妈眼里我看到快乐
在奶奶眼里我看到想念
在外婆眼里我看到疼爱

在爸爸眼里我看到鼓励

我看到一群白色的鸽子
它们快乐地飞
我也快乐起来
好像也插上了翅膀

爸爸

爸爸
从来不说爱我
却是一直为我的伤口擦药的人

爸爸
从来不命令我做什么
修修补补时我却一定要围在他旁边

爸爸
当我跌倒时不会扶我
却会永远注视我

爸爸 今天是父亲节
送你什么呢
帽子、电脑、手机还是写字的笔?

爸爸
你总说什么都不要
我就送你一个儿子稚嫩的声音吧

还有他越来越强壮的翅膀
在你的视线里 他会越飞越高

2011 年 6 月

老屋前静静的池塘

并不清澈。唯一的动静
是不知名的水鸟扑棱出两道长长的波纹
这问候
出于无意
平添生气
叨唠如老人的鞭炮声此起彼伏
硝烟袅袅终不敌
暮色浓重
元宵夜
月亮红了
又慢慢变白
走到池水中央

2011 年 3 月 1 日

栖　枝

老屋已经不在了
母亲从屋后的小路走
我跟在身后
"这块田从前是我家种的"
姐姐从屋后的小路走
我跟在身后
"这里以前有棵枣树"
跟在我身后的
是老屋周围的青禾、莲藕、菱角和荸荠
走上一圈
它们便长出枝叶
再走一圈
便长出些水声
一些年轻的脸
母亲和姐姐不说话的时候
就停下来
抬起头

望着远处和天空

像村口苦楝树上的那两只喜鹊

那么安静

2011 年 3 月 1 日

抛打手锣的父亲

我喜欢看在花灯乐队中

抛打手锣的父亲

白发抖擞

脚步健硕

走在田埂上

也踩着喜悦的节拍

在上庙的队伍里

我已经快跟不上了

这年轻人的事业里

我七十岁的老父亲

我还在琢磨鼓点

手锣已高高抛向空中

又稳稳地落在他的手上

我见过他握粉笔的手

见过他写出一手漂亮钢笔字的手

但我还是喜欢

这打得一手好锣的手啊

2011 年 3 月 1 日

上元夜归

往回走时才发现
逶迤的车灯越来越多
一些人滞留
一些人回返
晚归的人在车内沉默
身子往时光里陷
更多的人在地平线四周环绕
明月朗照
平原辽阔
他们还不肯离去
这些平日里散落在工房、机床和简易饭盒里的人
今夜
要开出愤怒的花来

2011 年 3 月 1 日

菊，这是傍晚

我经常在空旷之地想起你
即使蜗居一室，夜晚的歌声总让人觉得空
人群在黄昏聚集，遍地起舞
我被怀疑的灯光包围
楼层越来越高
歌声一低再低
江北江南，鄂中还是江浙
晚霞消逝的地方总让人忍不住要
伸出手
菊，这是傍晚
听起你送给我的歌曲
想起多年前曾在一条路上追过一个人
手中握着一把不知是
谁的钥匙

2010 年 10 月 31 日

黎明的到来是有声响的

新落成的人民医院像麻雀
的内脏
我和姐姐推着母亲
在肠道般的走廊穿行
在凌晨一点敲开一扇又一扇
相似的门
急诊室。住院部。彩超室。心电图室。
戴眼镜的男医生开出检查单
女医生穿着红色的保暖裤
启动旧电脑
我们依然推着母亲穿行
在电梯上升降
来回
直到母亲
安静地躺在病床上
像输液管中的药水流动一般
的安静

这只巨大的麻雀才仿佛睡着了
姐姐和衣躺下
我也像一颗石头
终于找到可以安置的内脏
我静静地坐着
忍不住打了个冷颤
才发现
这只麻雀的体外
天色像火柴被点燃
"哧"地一声，亮了

2010 年 1 月 19 日

短 发 与 猫

更短的
是棉布
与蝴蝶结。
小黑猫眼神灵异
以一根绳
或一场雨
来丈量逆行之路
显然是错误的
你看
耳垂之下
时光浩大
我欲诉说之海浪与夕阳
不过是一只手
蓦然伸出
又缓缓放下

2009 年 11 月 4 日

我爱那戴着珍珠项链的老妇人

我爱那戴着珍珠项链的老妇人
像爱着阳台上晒太阳的母亲
村庄和奋斗史已经远去
冬天沉静如林荫道旁的水杉林

无论是矜持着还是
开怀地笑，珍珠都泛着柔和的光
母亲脸上甚至还扑了薄粉
像对生活仍保留着宽容和怜悯

从未失去啊
我的母亲仍然热爱美，爱劳作
我的皮肤松弛脚步一再放慢的母亲
仍然保留着水里的珍珠
谷物里的珍珠，那么多
冰凉和滚烫的珍珠

2009 年 10 月 16 日

我爱那戴着珍珠项链的老妇人

我爱那戴着珍珠项链的老妇人
像爱着阳台上晒太阳的母亲
村庄和奋斗史已经远去
冬天沉静如林荫道旁的水杉林

无论是矜持着还是
开怀地笑，珍珠都泛着柔和的光
母亲脸上甚至还扑了薄粉
像对生活仍保留着宽容和怜悯

从未失去啊
我的母亲仍然热爱美，爱劳作
我的皮肤松弛脚步一再放慢的母亲
仍然保留着水里的珍珠
谷物里的珍珠，那么多
冰凉和滚烫的珍珠

2009年10月16日

多么美

专注于细节与琐碎的都是我的亲人
在下午的阳光里擦窗户的男子
埋头清理羊绒衫上小毛球的女人
还有系上围裙清除锅盖油垢的
甚至是将蟹壳和鸭骨头搬至暗处的
小老鼠，他们都是热爱者和见证人

清晨菜市场的叫卖声多么新鲜
小白菜在流水中清洗的身体多么干净
沸汤中平静下来的小蘑菇的香气
将头靠在爱人肩上的白发的老人
多么美

我愿意在春天植树
在新开垦的土地上，种植番茄，土豆，小黄瓜
在向南的山坡，照看满地的蚕豆花
如果我是个执拗的农人
生活得俭朴而明智

我愿意收留落单的鸟
不问它的姓名，亲人
只保留通向天空的方向
准备好粟米和清水
当它抖动的羽翼慢慢平静
突然张开嫩黄的嘴
生活的空气

多么美。梨树会开花
我亲手种下的柿子树正在发芽
生活没有道出的那一声赞美
不过是从漏过树叶间隙的阳光里
仰起欣喜的脸

2009 年 3 月 9 日

不 过 是 一 场 盛 开

我来，必是微醉，这自制的药方
可治来历不明的偏头疼
试用两剂，天上依然没有星星

未知都在
黑夜里袖着手，我已习惯于侧身
总还能看见几盏灯。它们不为我而亮
不为流浪的鞋子和承诺而亮
它们是暗夜的纽扣

忠诚而狡黠。每一个在暗中栖身的人都是如此可疑
除了仰望的眼睛纯洁而深邃，一去不回的
无可匹敌
一直没有落下的雨不过是
一场盛开

2008 年 10 月 28 日

谁 说 要 有 光

不要陈述。不要交出手里的
老照片。黄昏到来，不要叠手于胸前，像一段往事
深陷在墨绿色的沙发中

眼镜老花，皱纹起伏，就是一场华丽演出
我爱，让叶子都掉下来吧，从口袋里抽出
迟疑的手，一切泛黄的沸腾过的

都会成为经典的黑白片，会有人
站在栅栏边，惊奇和赞美。瓢虫的花翅膀
落下来，在打开的书页上，孩子们赤着脚穿过草地

多么柔软。太阳和风声将为他们露出
羞涩的笑容，我爱，你看，你的白发症还有我的
已不治而愈，谁说要有光

2008 年 10 月 28 日

记 与 寄

2008。农历戊子年。
四月二十一。汉地多云。25℃—33℃。

因为有你，我相信。
信寂静之声。桥下之水。信参商一度
就是流水高山，鱼群终将穿过漠野
长出水声和翅膀。我依然爱静坐
你依然钟情于出发，我们依然背影重叠
像所有的纯洁和初始。这多么容易
我一眼，就能望见你伸出的手
像一抬头，就望见星光，这幸福的尘埃！

2008 年 7 月 4 日

第三辑 寓言开成一朵菊的样子

致

不认识你很久了啊

趁着这夜色我要带上一把刀
靠近你——
乖，说真话

说雾是元凶
说你一直躲得彻底
而绝望
在失去知觉的水底
交出了所有的线索
和葬品

乖，别怕
我只要你眼中的闪电或惊雷

2008 年 4 月 14 日

企　图
——致 L

我企图像一盏灯。在某个午后漫不经心地点燃
这可有可无的光亮，像初春不及泛绿的枝条
它轻轻摇晃，它还需要时间，和汇流成河的语言

这点光亮，甚至需要一点点黑暗，让你感受到它的存在
它的萌芽，存在那么多可能，每一个出口，都有一张
单纯的脸，亲爱的你从未长大，一直住在我的呼吸里

生长预言和疼痛。你看，我顾左右，不能言他
居然企图用沉默，来传递声响，我的所有表达只是一盏灯
它别无长处，除了，"一无所知，就开始爱"

2008 年 2 月 26 日

第三辑　寓言开成一朵菊的样子

飞鸟与鱼
——赠友人

群鸟在弹拨声里妖娆。江城的八月
在黄昏的泡沫里显出层次，把耳朵打开
门关起来，飞鸟与鱼，关不住
齐豫的声音，这流浪的丝绸，大红大紫
4分39秒。128K。播放器三心二意
高分贝的潮水里，鱼儿，衔走光阴

喊你的名字，便是靠近你
鱼，我们交换内心的声响和钥匙
说一些花的夜晚或黎明，说你白色的国度
说我的夏天和雨，说躲闪多年的彩虹
怎么流着泪就包围过来

谁是鱼，谁又是飞鸟，与爱情无关的
女人之间的微妙，在于放弃营养不良的
棉花和谷子，用孩子般的梦碰撞

取暖。总会有些贴近地平线的故事
比玻璃杯里的空气，更加清亮
我们是梨，是所有优质的水果
正坦然面对生活的锋芒和报答

2007 年 8 月 5 日

某某某书

某年刚刚开始，某，决定写上某份计划书
忽略年代，姓名，这些可预见的沉没
现在，开始第一行——

某要学习烹饪。掌握一块豆腐在沸油中
变得金黄的时间，用豆子青菜牛奶鸡蛋
喂养两个男人小小的胃，让柴米油盐
快活地劳作，让生活散发出勤劳健康的香气

某要努力工作。帮助每一个推门进来的人
不迟到，不早退，相信每一分钟都价值连城
当精明的上司第 N 次偏过头，要第 N 次迅速回答
末与未字下面那一横，当然是末了短，未来长

爱亲人的脸。以母亲、女儿、妻子、姐妹的名义
爱所有的皱纹和疲惫，爱破坏的童年，糊涂的晚年
打开阳光下的拥抱，释放久违的支持和赞美

相信伤口终会愈合，悲悯会开出回头的花

关心大地上的事情。比如节气的更替，庄稼的长势
河流的走向和一直保持安静的尘埃，靠近在钢筋水泥中
放牧羊群的人，倾听白夜藏起的声音，像一粒星光苏醒
一颗种子落地，一朵火苗，燃起一切坦荡和上升的细节

2008 年 1 月 29 日

忧伤的手风琴手

你的手指，将爱情分成三段
一段清冷，一段犹疑，一段
尚未开始。流水通透。女人们
拎着木桶停留。自有人仰头歌唱。
你并不急于收割。苏格拉底的麦子
长势甚好，天空垂下黑色流苏
收回疲惫的花朵，我的解说只不过
类似于阴影，在墙壁上生长多病的苔藓
但你是知道的，这一望无际的忧伤
是最后一把好琴，溅落的露珠
会擦去夜脸上的尘埃，你是知道的
某些光亮，就要经过这里

2008 年 1 月 9 日

图书在版编目（CIP）数据

美是通途 / 拍手著 . -- 海口 : 南方出版社 , 2025.

6. -- ISBN 978-7-5501-9851-7

Ⅰ . I227

中国国家版本馆 CIP 数据核字第 20252NX933 号

美 是 通 途

MEI SHI TONG TU

作　　者	拍　手
责任编辑	白　娜
封面题字	拍　手
策划出版	大卫工作室
出版发行	南方出版社
邮政编码	570208
社　　址	海南省海口市和平大道 66 号
电　　话	（0898）66160822
传　　真	（0898）66160830
印　　刷	三河市华东印刷有限公司
开　　本	880mm×1230mm　1/32
印　　张	5.5
字　　数	110 千字
版　　次	2025 年 6 月第 1 版
印　　次	2025 年 6 月第 1 次
定　　价	58.00 元

告读者 : 如发现本书质量问题请与印刷厂质量科联系